KB273403

한 젊은 시인이 이 땅의 연인들에게 띄우는 아름다운 연서

그대가 나의 그 사람인가

정민기 시집

좋은날

자 서

내게 추억은 하나의 소멸이다.
하늘의 빛나는 별이 어느 날
유성이 되어 지상으로 떨어지듯이
내게 추억은 하나의 소멸이다.

1997년 11월
정민기

1 그대의 편지

3 사랑에 대하여

1부 그대의 편지

저물 무렵, 남도의 소읍 어느 작은 목조의 찻집에서
홀로 치를 마신 적이 있있다. 세상의 모는 그리움으로
부터 차단된 낯선 곳에서의 하룻밤을 보내며 나는 오랫
동안 산다는 것에 대해 깊이 잠겨 있었다. 그래 산다는
것은 무엇인가. 이 물음에 대한 스스로의 화답은 끝없
는 쓸쓸함 같은 것들이었다.

그대의 편지 1

또 한번의 겨울이 오면 호주머니가 가난한 연인들은 한잔의 커피값이 없어 어느 바닷가의 물밀져 오는 모래알을 밟으며 추운 겨울을 보내겠지요. 그래, 진실로 사랑하는 그대여, 바람이 불어 오는 곳으로 내 알몸을 뉘여 맨살의 곳곳마다 슬픔을 씻어 주리니, 추운 겨울은 도무지 내게 풀려지지 않을 것만 같습니다. 그렇듯 시를 쓴다는 것과 산다는 것이 어떤 함수관계가 있는 것이라면 또한, 사랑과 슬픔은 그와 같은 관계는 아닐런지. 참 많은 세월이 흘러간 것 같습니다. 박영한의 말대로 이 지상의 방 한칸이 그리운 날들 무수한 불면의 뼈들이 흘러간 지금 나는 너에게 한마디의 기쁨도 전해 주지 못하고 혹은 절망의 내 가슴을 후후 불지피지 못하고 나는 또 어디로 이 깊은 겨울을 보내야 할지 자꾸만 두려워집니다.

사랑하는 나의 사람아, 아쉽고 긴 날들의 밤이 흘러간 뒤 나는 풀잎같은 그대의 모습이 새삼 그립습니다.

그대의 편지 2

　그대여! 또 겨울이 왔습니다. 뜻없이 밀려오는 이 쓸쓸한 나의 바람같은 고독을 잠재우지 못하고, 늘 그대에게 나의 진실을 다 보여주지 못하고, 내 가슴을 다 열어 그대를 이해해 주지 못하는 마음도 나는 잘 압니다. 그러나 사랑은 결코 투정이 아니며, 가벼운 진실이 아님은 분명한 일이기에, 그만큼 푸른 빛깔을 가진 우리들의 젊음 속 사랑은 위대한 힘을 가지게 될 것이라고 굳게 믿습니다.

　그리운 그대여!

그대의 편지 3

　냉촌의 방안엔 나의 불멸의 뼈들이 무수히 흩어집니다. 사랑이 나에게 따뜻한 군불을 지펴주듯 사랑 또한 그만큼 아픔을 지니고 있는가 봅니다. 그대여 욕망이란 날아가는 저 새떼처럼 늘 빙빙 도는 것일까요. 오늘밤 겨울이 다 닳아 없어지는 것 같습니다. 그대로 인하여 이 밤이 나의 기쁨으로 쌓이는 것 같습니다. 그렇습니다. 여자의 마음이 여리고 쉬이 변하고 가슴 저리게 할지라도 그대여 연약한 여자의 힘이란 또한 그만큼 아름다움을 지닌다는 것을 나는 압니다. 그러나 내가 춥고 외로운 겨울을 무사히 지나고 지나간 고통의 열병을 치유할 수 있는 유일한 방법도 그대에게 긴 편지를 쓰는 것으로 마음이 넉넉해질 수 있기 때문입니다.

그대의 편지 4

퇴근길 저물 무렵
문득 책상을 정리하다가
그대에게서 온
편지를 읽습니다.

사랑과 이별이 가득한
흰 여백의 편지를
다 읽어 내리는 동안
나는 미처 깨닫지 못한
그대의 사랑으로 우울해집니다.

생각하면 모든 것이
슬픔으로 가라앉습니다.
그대가 내게 오 헨리의
마지막 잎새를 이야기 했을 때,
나는 꼭 인생은
그런 것만이 아님을 이야기했지요.
그러나 지금은 마지막 잎새보다도
더한 슬픔을 느낍니다.

무엇 때문일까요
퇴근길의 저물 무렵.
외로움은 밀물처럼 밀려오고
이미 남남이 되어버린 우리의 사랑은
안개꽃처럼 아프게 흔들립니다.

그대의 편지 5

어느날, 비내리는 간이역에 앉아 그대를 생각합니다.

돌이켜보면 가을은 쓸쓸하고 내 몸 하나 어쩌지 못하는 이 깊은 방황의 한때를 보냅니다. 비록 누군가에게 안부 하나 전하지 못할 불우한 날들이 말없이 흘러가도 나는 도무지 세월의 빠름을 의식하지 못합니다.

그렇듯 간이역의 저녁은 낯선 사람으로 인해 적막합니다. 모든 것이 적막 한가운데 느끼는 쓸쓸함을 알고부터 늘 어디론가 떠나곤 했습니다. 그러나 그대여 발목잡지 못할 천근만근의 그리움이 오늘따라 가슴 아프게 스며듭니다. 비로소 내가 알지 못할 슬픔들이 한장의 편지로 남습니다.

그대의 편지 6

생각하면 흘러간 세월이 한줌 바람인 것 같다. 江邊에는 속 절없이 바람만 불고 갈대만 흔들린다. 언제였던가 옷자락에 젖어드는 이 쓸쓸한 날들을 버리지 못했던 때는. 그대여 그러나 나에겐 아름다웠다. 비록 쓰라린 아픔이 가슴에 앙금으로 남아있다고 해도. 하릴없이 강가에 서면 느닷없이 내 영혼을 흔들며 날아가는 새들을 본다.

그대의 편지 7

내 얼마나 그대를 그리워했는지 그대는 아직 모른다. 비가 오나 눈이 오나 천년을 기다리며 오직 그대만을 생각했다. 오늘 비가 내린다. 조용한 건반을 누르며 내리는 비. 그대여, 그리움이여. 아직 떠나지 않은 날들이 남아있다. 그대에게 가리라. 맨발로 걸어 가시밭길을 넘어 그대 곁에 가리라. 가서 한 장 슬픔으로 남으리라 내 사랑은.

그대의 편지 8

지난 밤 폭설이 내렸습니다.
그대에게 가는 길이란 길은
모두 끊겨
끝내 나는 슬픔에 휩싸였습니다.

그대의 편지 9

눈 그친 저녁 창가에 앉으면
무채색의 바람이 부네

이별 뒤의 슬픔이 길을 떠나고
아직 머물지 못한 그리움이
나뭇가지를 흔드네
이젠 그대에게
긴 편지를 쓸 수 있으리라
아주 기막힌 아픔을 그대에게
전할 수 있으리라

삭이지 못한 가슴들
다하지 못한 말들
그대 떠나고 난 빈자리를
채울 수 있으리라
창가의 어둠 별빛 내리면
유채색의 바람이 부네

그대의 편지 10

오늘 그대가 사는 소읍에 갔다 왔습니다
그러나 그대는 없고
잠시 머뭇거리다가 돌아 왔습니다
앙상한 겨울 나무와 억새풀과 바람,
언제부턴가 혼자가 된 사람의 마음을 아는 듯한
소읍의 작은 驛舍만이 덩그렇게 놓여져 있었습니다

오랫동안 빈몸이 된 나와,
하루 두번 뿐인 서울행의 낡은 비둘기호와
가슴 아프게도 쓰라린 시간의 차창 너머 넘겨진
기억들이 녹슨 철길을 걷고 있었습니다

가끔은 차가운 겨울 바람이
내 목덜미를 휘감았지만
그대 때문에
마음은 그럴 수 없이 따뜻했습니다

그대여 살아가면서
때론 이렇게 먼산을 바라보며

그리운 우리들 새끼와 그대를
가슴속에 묻으며 오늘도 다짐했습니다
사랑이란 이런 것이 아닌가 싶습니다

어디 이 소읍의 작은 찻집에 앉아
가는 햇살 한자락 붙잡고
눈시리게 바라보면
세상은 내안에 사랑만이 가득해집니다

그대의 편지 11

　길을 걷다가 문득 낯선 기억 하나가 스며들었다 아주 오래
전부터 알고 있었던 것처럼 그것은 내 몸의 깊숙한 곳을 예리
한 칼날로 도려내는 것 같았다 무엇이라고 형언할 수 없었던,
마치 잃어버린 내 기억의 상처가 된 아버지의 술주정같은 세
월이 바람이 되어 스며들었다 가끔은 가위 눌리듯 잠을 이루
지 못하는 날들이 내겐 너무도 많았지만 사랑하는 그대여, 이
젠 두 아이의 아버지가 된 지금 여우가 된 그대와 토끼같은 나
의 새끼들이 문득 그리워지면 철없이 서른 네살의 그리움이
눈물겨워진다

그대의 편지 12

왜 나는 온통 슬픔뿐인가
왜 나는 슬픔을 먹고 사는가
왜 나는 슬픔을 슬픔이라 느끼지 못하는가

오늘 나는 작은 소읍의 어느 찻집에 앉아
시가 될 수 없는 글을 쓴다
마음은 뜻하지 않게
그대가 사는 벽지로 달려 가다 머문다

어제는 너무 추워
남대문 시장에서 헐한 외투를 샀다
그대가 내 곁에 있었다면
쟈크가 있는 그 외투를 사지 않았으리라 생각했다
검은색의 옷을 좋아하는 나와
밝은 색깔의 옷을 좋아하는 그대와 나 사이에
언제나 다툼이 있었다

그러나 어제는 그대가 없어 쓸쓸하였다
시장통에서 칼국수를 먹고 하숙집으로 돌아오면서

자꾸만 누군가가 내 뒤를 따라오는 것 같아
돌아보았지만 내 그림자만 덩그라니 놓여 있을 뿐
아무도 없었다

그대의 편지 13
- 먼 곳

북향 천리 길
입덧하듯 봄이 왔어요
골방에 누워
간신히 먼산을 바라보다가
눈시리게 눈물이
핑 돌았어요
아마 보고싶은
그대 탓이겠지요

그대의 편지 14
- 갈 수 없는 그곳

바람이 불면 바람 부는대로 가고 싶다
세상에 나와 처음인 것 같은 이 길,
그대와 같이 끝없이 가고 싶다

마른 수수깡의 겨울바람이
오래 마음을 적시는 동안 사랑이여
단 하나의 그리움이 먼산을 글썽이게 하듯이
단 하나의 아픔이 모든 길들을 지우게 하듯이
이리로 와서 내 것이었던 슬픔을 지워다오

바람이 불면 바람부는대로 가고 싶다
세상의 많은 눈물들이
별빛 무덤이 되어 반짝이는 이 밤
그대와 함께 풀잎 위에 눕고 싶다

그대의 편지 15
– 억새풀

길위에 그가 서 있다
겨울 시든 억새풀과 바람과 시
그가 외투에서 성냥을 꺼낸다
빨리 불꽃을 지피는
그의 여리고 가는 손가락 끝

여자는 그것을 바라본다
이미 그의 것이 되어 버린 흡연
지독한 사랑,
하루 두갑씩 태우는 그의 절망 끝에
여자는 늘 서성였다

그를 이해하기에는
이미 너무 늦어 버린 시간의 창 밖
아직 낡고 상투적인 열차는 오지 않았다
그는 남은 한개비의 담배를 다 태우기 전에
떠날 것이다 그리고 말을 건넬 것이다

이미 두아이의 아버지가 된 그와

이미 두아이의 어머니가 된 나의 사랑
우리가 언제 만나 이룰 수 있을 것인지.

그대의 편지 16
- 하구에서

아내여, 우리가 늘 기웃거리듯이
우리 사랑이 이 푸른 강물처럼 흐른다면
오늘 그대와 내가 서 있는
하구의 저녁 노을이 아름다워라

서로가 서로의 건강을 다짐하며
헤어져 있는 날들이 아름답다 생각될 때면
그대와 나 해지는 강둑에 서서 보아라
세상의 모든 새들이 깃을 펴는
이 저물녘의 하구에서
우리의 사랑이 때로는 저렇게 눈부시게
비상할 수 있다는 것을 알게 되리라

그대의 편지 17
- 길 위에서

먼산에 초설이 내렸습니다
어디선가 산새가 울었습니다
은사같은 햇살이 창틈으로 들어왔습니다
벌써 그대를 두고 떠나온 지
사계가 다 흘렀습니다

그리움의 날을 지새우며 쓴 시들도
책상안에 가득합니다
개구장이인 큰놈과 작은놈의 얼굴이
자꾸 떠올라 붉어오는 눈시울을
간신히 참았습니다

아마 사람에겐 그리움이란
무서운 적이라는 것을 이제야 알았습니다

그대의 편지   18

오늘 거리를 무작정 떠돌다가
한참 철 지난 외화 '매디슨 카운티의 다리'를
2본 동시 상영 극장에서 보았습니다
어쩌면 사랑이란 이렇게도 깜쪽같이 아름답게
속일 수 있는가를 생각해 보았습니다

그대가 있는 나로서는 솔직히
엄두도 나지 않는 일이었지만
어쩌면 세상은 그런 가운데서도
불가사의한 힘이 존재하는가 봅니다

우리가 도덕성이라고 말하는 것에 대해서
혹은 윤리성이라고 말하는 것들에 대해서
사람들은 아름답게 말을 치장하는 것인지도 모른다는
생각이 들었습니다
인간이기 때문에
추억을 가질 수 있고 혹은 그 추억으로 인해
부당했던 사랑도 추억의 힘으로 돌리고야마는
인간의 논리가 이 영화속에 잠재되어 있었습니다

아니 인간은 스스로 불륜의 혐의를 인정하고 있는지도 모릅
니다
사랑은 바로 추억의 힘이며
과거에 대한 회상이기 때문입니다

그대의 편지 19
- 별어곡

키작은 단종의 눈물이 서린
별어곡을 갔습니다
첫눈이 내려 억새풀이 마치
늙은 대신들의 수염처럼 흩날렸습니다

누가 기억은 믿을 수 없다고 했지만
아니 역사는 가설의 현장이라고 누가 말했지만
귓가에 어린 왕의 눈물소리가 들리는 듯 하였습니다

어디 한많은 여자의 울음소리같은
바람이 윙윙 불었습니다

온몸이 얼어붙는 것 같아
초막에 들려 한잔 소줏잔도 기울였지만
그대가 없어 영 기분이 나지 않았습니다

사랑하는 그대여 언젠가
그대와 함께 다시 오고픈 이 이름없는 작은 驛숨에서
구절리행 열차를 타고 어디론가 떠나고 싶습니다

그대의 편지 20

　　그대여 저문 가을을 홀로 걷고 있네 지는 잎이 내 몸속에서
가끔 소리를 내며 바스라지네 저녁마다 오르는 무덤이건만 오
늘은 그전처럼 외롭지만은 않네 한때 서로가 탐미하며 몸살앓
던 시들이 이 길을 지날 때마다 떠오르네 때론 그것들은 이젠
앙상한 뼈로 남아 흐느끼지만 그대와 내가 나누던 절망은 더
이상 없네 더 이상 강물로 흐르고 있지 않네 바람은 아직 일어
서지 못한 내 슬픔을 일으켜 세우고 있네 다만 깨우지 못할 네
영혼만이 혼자 누워 있다네 기억하고 있다네 친구여 홀로 남
아 네가 다하지 못한 몫을 해달라는 말 아직도 기억속에 한마
디의 뼈로 남아 있다네

그대의 편지 21

그대에게 가는 길이
이렇게도 멀고 험난한 길인줄은
미처 몰랐습니다.

2부 그리움에 대하여

어느 겨울, 폭설이 내리는 강을 바라본 적이 있다. 얼어붙은 강 위에 하강하는 눈꽃의 환희. 가장 깊은 강은 가장 조용한 강이라고 시인 루프스는 말했던가. 내가 바라본 그 강이 이 세상에서 가장 고요한 강이었다. "아아, 저 강처럼 내 그리움과 사랑도 깊을 수만 있다면" 하고 나는 중얼거린 적이 있다. 그 중얼거림은 폭설이 내리는 강을 조금씩조금씩 건너가 건너편의 강폭에 닿았다.

그대가 나의 그 사람인가 1

그대가 나의 그 사람인가
음악이 흐르는 조용한 커피숍,
오랫동안 만난 연인처럼 마주앉아
세상의 모든 슬픔을 안은 듯 바라보던
그대가 그때 그 사람인가

두아이의 어머니가 되고
두아이의 아버지가 된 지금,
그 시절 우리의 꿈은 우리가 누울 수 있는
지상의 방 한칸과 앙리, 버트란트 러셀의 책들과
그리고 낡은 시집을 꽂을 수 있는 몇 개의 책꽂이와
버릴 수 없는 우리의 사랑이었지

바람이 불면 하염없이 흘러 내리는
붉은 가을 낙엽속으로 한잔 커피를 마시며
꼭 이내 져 버릴 것같은 노을의 건반을 밟으며
사랑이여 우리가 나누던 분명한 약속들은
아직도 귓가에 생생한데
그대는 지금 나의 그 사람인가

그대가 가고 그대의 흔적도 가고
남은 자리마다 피던 슬픔의 꽃들도 다 져 버리고
더이상 아파하지 않아도 될 절벽같았던 이별의 그 때
별아 지금도 밝게 빛나는 별아 착했던 별아
너는 거기서 반짝이고 나는 서서 마음을 추스렸지

그런 그대가 지금 내 앞에 앉아 있네
잊을 수 없는 추억의 노트를 다시 펼치고 있네

그대가 나의 그 사람인가 2

그대를 바라본다 그대가 나의 그 사람인가
눈내리는 겨울 거짓말처럼 문득 만나
거짓말처럼 사랑을 하고 아이를 낳고
때로는 나를 위해 한없이 울어주던 사람
그대가 바로 나의 그 사람인가

그대를 바라본다 그대의 눈가에 도는 주름살
겨울산보다 더 깊은 눈빛의 그대를 바라보면
사랑하는사람아 사랑하는 사람아
가만히 마음속으로 불러보는 그대
이미 많은 세월이 붉은 저녁강처럼 흘러가고
우리가 한몸으로 떠 받치는 저 세상의 함몰속에서
서로가 지탱하며 살아올 수 있었던 것은 무엇 때문일까

그대를 다시 바라본다
몸과 마음을 섞고 살아온 그 많은 세월
나는 아직 그대의 작은 꿈조차 모르고
그대의 진정한 행복과 사랑을 모르고
얼마나 많은 슬픔과 아픔을 던져주었는지
사랑하는 사람아 이 아득한 저녁 어귀에서 뉘우친다

꽃便紙

미칠 것 같아요. 봄이 터져 꽃피는 날이면 그대의 가슴마다
봉오리 지는 이 그리움은 무엇인가요. 달아나고 싶어요. 훠이
훠이 날개 저어 그대의 쓸쓸한 內壁에 닿아 이내 부서지는 먼
지가 되고 싶어요.

어서 오세요. 와서 내 가슴에 완전하게 부서지는 파도가 되
어요. 그리하여 우리들의 내벽은 그리움에 조금씩 부서지고,
부서져 한줌 모래가 되어요.

어서 와서 내 가슴에 부서져요. 부서져 온전한 그리움으로
남아 있을 수 있다면, 나는 이 눈부신 봄날에 비를 기다릴거여
요. 내 살에 가랑비 같은 보슬비, 찢겨진 가슴마다 그리운 꽃
잎이 물이 들어 붉게 산천을 가득 채우는, 아, 그리하여 나와
그대는 조용한 사랑의 감도를 느낄거여요.

현기증을 느끼는 이 봄날, 늘 입덧하며 가는 바람이 내 목을
휘감는 날에 나는 내 가슴으로 그리운 꽃편지를 씁니다.

지금 그대에게 가고 싶다

나는 지금
그대에게 가고 싶습니다
그대의 가을은 어딘지요
여기는 그대가 머물고 간 작은 섬.

들국화 핀 오솔길을 걸으며
발바닥에 그리움으로 물집이
잡히는 지금
그대가 있는 곳은 어디입니까.

아직도 다 접지 못한
종이학을 접으며
그대의 섬을 생각합니다.

그러나 사랑이여
결국은 돌아설지도 모를 그대여
꼭 한번은 사랑한다 그 말이
가슴속에 남아
그림자처럼 돌고 도는데

나는 지금 그대에게로 가
하얀 들국화로 남고 싶습니다.

엽서

이 작은 여백 안에
내 마음을 다 적을 수 있을까.

가을 잎새보다 더 작은
이 한장의 엽서 속에
내 마음을 다 털어놓을 수 있을까.

눈처럼 새하얀 진실,
숨겨둔 말들이
고백처럼 풀어지는 밤

언젠가 꼭 한번은
하고 싶은 천금의 사랑한다는 말

오늘 나는 그대에게
그 가을 잎새보다 더 작은
한장의 엽서를 띄운다.

광장에서

모두가 다 떠난 광장에 선다
하염없이 밀려드는 그리움은 무엇인가
마음의 깊은 곳을 휘감고 드는
쓸쓸한 바람으로 떠나는 사람들
혹은 돌아오는 사람들.

그들 틈에 싸여 광장을 떠나는 지금
비가 내린다 빗속에 젖는 나의 가슴
더러는 외로움에 젖지 못하는 사람들을
적시는 겨울 가랑비.

광장의 저녁은 내게 쓸쓸하다
그대들은 아는가
모두가 다 떠난 겨울 광장에
홀로 남은 허무의 이 슬픔을.

슬픈 해후

밤새 길을 걸으며
그대와의 만남을 생각했다.

예전에 옷깃 스치듯이 만나
슬픈 가슴으로 헤어졌던 우리,
또 그렇게 우연 아닌 우연으로
조용한 카페에서 만났다.

모든 것을 슬픈 추억이라 하기에는
너무도 많은 세월이 강물처럼 흘러가지 않았던가

하나의 탁자를 사이에 두고
그대는 자주 철 지난 신문을 읽고
나는 떨어진 소매 단추를 매만졌다.

'얼마만인가'
가슴은 커피처럼 자꾸만 비워지고
탁자 위의 따뜻한 촉감들은
이미 싸늘하다.

아무것도 아닌 일로
때론 고궁의 그 작은 벤치에서
서로가 눈흘기던 추억.
이미 3년도 더 지난 그때의 일이지만
그대여 돌이켜 보면……
미칠 것처럼 외로웠다

하지만 이미 그대와 나는
다시 사랑을 시작하기에는
때 늦지 않았는가.

정말 우연이 아니었다면
그대와 이렇게 또 다시 만날 수 있으랴

가슴속에서 끓어오르는
연민과 미움.
그 모든 것들을 생각하면
슬픈 해후였다고 말할 수 있으리.

종로에서 신촌까지
신촌에서 종로까지
한밤 지친듯이 길을 걸었다.

먼 그대에게 1

사랑은 안개같은 것일까요.
어느날 바다가 보이는 찻집에 앉으면
문득 무언지 모를 슬픔들이
옷자락 끝을 다 흔듭니다.

그대여, 생각하면 먼 바다의 수평선이
안개에 덮여 사라지면
모든 사랑하는 것들이 물풀을 흔들고
파도처럼 끝없이 밀려옵니다.

그것은 안개의 깊은 늪입니다.
그것은 사랑의 깊은 늪입니다.
빠지면 빠질수록 헤어날 줄 모르는
스무살의 아픈 상처 같은 것입니다.

한때 안개처럼 멀어지는 추억을
가슴깊이 더듬으며
슬픔은 끝내 별빛처럼
아름답지만은 않다는 것을

깨달았을 때는
이미 그대는 먼 곳에 있었습니다.

먼 그대에게 2

코스모스 피는
가을길을 나혼자
걸어갑니다.

가을은 너무 서정적입니다. 그대여
풀빛 머금은 가을잎이 그대 발목에
채입니다. 꽃대궁도 더러는 잠자리떼에
몸살 앓고 지는 잎도 지는 가을로 떠납니다.
이젠 그리움도 그리움만이 아닙니다.
더 낮게 떠가는 구름과 종이비행기
온갖 것들이 가을로 흐릅니다.
생각하기에 너무 먼 그대여.

코스모스 지는
가을길을 나혼자
걸어갑니다.

먼 그대에게 3

한장 연서를 강물에 띄웁니다.
어느날 내가 띄운
한장의 그리움이
그대에게 가 닿습니다.

그대의 가을은
그리움으로 인해
너무 푸르고
나의 가을은
슬픈 사랑으로 인해
절망적입니다.

하염없이 흐르는
눈물이며
두 손으로도 다 받을 수 없는
저 가을빛이
내 눈물 같은 이슬방울에
반짝입니다.

사랑이란
그렇게 기다림의 연속일까요.

사랑의 연가 1

깊은 밤 홀로 깨어 있는 그대를 위하여
그리운 병을 앓습니다.
그대를 만난 시간들이
은하처럼 흐르는 밤,
어쩌면 그대를 만나기 위하여
촛불을 켜놓고 그리운 시를 씁니다.

모든 것이 인연이 아닌
운명같은 것임을 깨닫고 있지만
헤어짐의 순간에 느끼는 아픔이란
긴 강물처럼 흘러갑니다.

이미 내마음을 그대에게 던져준 지금
이 깊은 밤 쓸쓸한 고독이
미치도록 내 몸을 휘감아 옵니다.
그러나 나는 아직 모든 것이 준비되어
있지 못합니다.

그대의 깊은 뜻을 헤아리기에는
그리움의 깊은 병을 알지 못합니다.

사랑의 연가 2

오늘밤
나는 그대를 만나러 가야 한다
창가에 머무는 별빛같은 그리움으로
그대를 만나기 위해
사흘 낮밤을 뜬눈으로 새워야만 했다.

바람이 불고 잎 지는 창가
별빛 스치는 쓸쓸함으로
그대를 생각하는 저녁,
그대는 아는가
돌이킬 수 없는 상처들이
가슴속 아픔으로 남아 흐를 때
좀더 외로워야 한다는 것을,

사랑의 처음과 끝이
만남과 이별이라는 것을
그대는 이미 내곁을 떠나갔다.

그러나 그대여

꿈같은 추억으로 흐르는 이밤
한번쯤은 눈먼 사랑으로 하여
깊어지는 것은 외로움인 것을
나는 좀더 일찍 알아야 했다.

사랑의 碑文

그가 내게 사랑한다 거짓없이 말했을 때,
나는 그에게 사랑한다
가슴으로 碑文을 썼다.

그가 다시 내게 뜻있는 입맞춤을 하였을 때,
나는 그에게 행복이란 말을
碑文처럼 가슴에 썼다.

또 다시 강물이 흐르고 갈잎이 서걱일 때,

나는 그의 사랑과 입맞춤이
내 가슴에 오랜 碑文으로 남아 있음을
그가 떠난 뒤 나는 알았다.

겨울 숲에서

눈내리는
겨울 숲을 걸으며
그대를 생각한다
한 장 엽서처럼
어느 날 내게 불현듯 찾아온
사랑과 슬픔.
잊어버리기엔
너무 가슴아픈
사연들이 겨울 숲을 흔든다.

때론 산다는 것이
내 가슴에 가라앉는
흰눈발같은 것이라면
애초에
그대를 사랑하지 않았다.
그러나 어찌할 것인가.

저 흰눈발처럼 부벼든
아아 사랑의 눈꽃

묻어버리기에는
아직은 너무 세월이
짧은 것을

유서

저녁에는 늘 죽음이 걸어와서 새벽이면 늘 깨어 있었다. 죽음도 마음대로 죽을 수 있다면 몇 번이나 죽어 그대 가슴에 남겠다. 온전한 세상이 이 불여귀천지에 있겠냐마는 내가 밤마다 불지피는 이 한 장의 글들이 모두 유서가 된다. 타는 목숨이 된다.

슬픈 시에 대하여

밤새 슬픈 시들을 읽었습니다.
가볍게 생각하기에는
너무 어렵고 난해한 말들이지만
슬픔은 슬픔일 수밖에 없다는 것을
알았습니다.

아무런 의미도 없는 슬픈 시라고
말하기에는 너무 가슴아픈 시들이었습니다.
때론 이런 사랑도 한번쯤
만나고 싶었습니다.

설령 내 영혼의 밤을 깨우쳐 주지
못하더라도 내 가슴을 건드리는
슬픈 시들이었습니다.

나도 이런 시를 쓰고 싶습니다.
바람부는 가을 저녁처럼 쓸쓸한
아니 앙금으로 가슴속 깊이 남는
슬픈 시를 쓰고 싶었습니다.

어떤 만남

너와 나는
간절히 서로를 원했지만
만날 수 없었다

원인을 알 수 없는 미묘함 앞에
우리는
더불어 3년을 보냈다.

모든 것이
자존심 때문이라는 것을 알았지만
서로가 서로의 마음을 굳게
닫은 세월은
참으로 안타까웠다.
그리고 너는
한 남자의 여자가 되어 있었고
나는 한 여자의 남자가 되어 있었다.

눈 오는 날

갔던 길을 되돌아 온다
돌아오는 길은
늘 흔적이 없다

그리움을 위하여 누군가를 사랑한다는 것은
참으로 고통스럽다

사랑하는 이여
가을 뜨락의 뒤안길을
홀로 걸으며
오늘은 눈물이 날듯
외롭습니다.

내 마음속 진실을
털어주고 온 날은
마냥 눈물을 흘렸습니다.

차라리
내 가진 마음을 다 주었어도
나는 오늘 이렇게
괴로워하지 않아도
될 것을.

후회가 파도처럼
밀려옵니다.
사랑하는 이여……

봄비

봄에 내리는 이 비는
내 슬픔의 비다.
머리를 적시고, 가슴을 적시고
내 발바닥을 적시는
절망의 비다.
흐르는 강물을 잘게 쪼개어
유리창에 주룩 들어 부을 때
눈물의 깊은 고요를 흔드는
봄비는 내 죽은 뼈다.
부서진 뼈살의 우산속으로
떨어지는 소리를 들으면서 가노라면
나는 꼭 어둠의 늪으로 빠지는 것 같다
봄에 내리는 이 비는.

칠월의 하루

황혼 속에 돌 몇 개를 던지고 나서야
나는 그대에게 사랑을 고백했다.
진실속에서 내가 던진 돌은
아직도 황혼속을 날고 있고
나는 칠월의 하루를 보냈다.
비가 내리고 숲이 자라고
나무들의 잎사귀마다
물방울 튕기는 우기의 해질 무렵
사랑은 우산을 쓴다
석간이 비에 젖어 휴지가 된 하오
그대와 내가 쓴 비닐 우산 속으로
사랑은 구멍이 나고, 통로가 되고
그대와 내가 눈치 챈
암호 속으로 입을 맞춘다.

3부 사랑에 대하여

첫눈이 내린 산길을 갔다. 산까치 한 마리가 겨울 나무 위에 앉아 정적을 깨듯 울고 있었다. 마치 내가 그의 몸인 산하나를 허무러뜨린 것처럼. 그 새는 내가 가는 길을 따라 자꾸 따라왔다. 아무도 밟지 않은 처음인 이 길처럼 길을 내며 가는 내 발자국. 사랑이란 이렇게 무한의 그 길을 가는 것이리라.

겨울 木造의 찻집에서

나는 스물 두살의 가벼운 바람으로
外出을 하였네.
눈은 내려서 무릎을 덮고
사랑은 겨울 유리창을 흔들며
물 끓는 소리가 들렸네
우울한 女子들만의 섬인 카페에서
겨울은 한잔 커피같은 쓸쓸한 音樂
한 소절의 절망이 내 가슴속 깊이
앙금으로 가라앉고 있었네.
고개 들면 목탄으로 그린 풍경화
木船이 흔들리고
그대 조용한 물방울의 가슴이 흔들리고
탁자가 흔들리면 女子들은
슬픔의 배경으로 빠지네
그랬네 내 아무렇게나 살아온 스무살의
돌이킴이 잔 속에 흔들렸네
흔들리며 안개꽃 나의 가슴에
지금 싸락싸락 눈이 내리네
유리창 안과 밖의 그럴 수 없는

따뜻한 체감, 아아 女子들이여
섬인 채로 그대로 머물어 있는가
서걱이는 갈대밭 척추의 겨울은
노상 울먹이고
오랫동안 늪에 빠진듯 닻을
거두지 못하는 그대들의 사랑은
죽음보다 깊이 바스러지네

내가 너를 처음으로 본 곳은
우체국 앞에서였다

이 기막힌 사실을
그대는 모르리.

너는 그때 빨간 우산을
쓰고 있었고
소나기는 한차례
우체국 앞을 적셨지.

수초의 짧은 시간.
질주하는 자동차에 놀라
너는 넘어졌고
나는 속으로 웃으며
슬며시 손을 잡았지.

그후로 나는
늘 우체국 앞에서
엉큼하게 너를 기다렸고
너는 여전히 나에게
눈길 하나 주지 않았다.

가을

미닫이 문을 여닫는
바람소리

더러는
가을 책장을 넘기다가
외딴집의
감나무를 흔들다가

잠든 내 마음도 깨우다가
슬며시
외로움 하나 던져 놓는다.

비록 모든 것이 어둠일지라도

내몸은 알지 못할 슬픔으로
휘청거린다.

언제부터였을까.
다시는 그 누구로 인해
괴로워하지 않을 것을
하루에 꼭 한번씩은
가슴으로 다짐하던 때는.

비록 모든 것이
깜깜한 어둠일지라도
내겐 완전한 희망이었음을
그대는 알까.

그대가 내게 던져 준
외로움이
더이상 나를 어쩌지 못한다는 것을.

끝내 순간으로 가는 슬픔
그 끝없는 허무의 길 속에
무시로 젖어드는 겨울 난간,
하염없이 내 몸은 휘청거린다

시간의 먼 밖

그 가을 꽃잎 지듯이
바람 한점 옷깃을 여민다

우리 오랜 기다림 끝에
머무는 언약의 뒤안길

또 한 번 사랑은
어둠처럼 다가와
슬픔의 속살을 드러낸다

그러나 영혼은
이미 그대 곁을 떠나
돌아오지 못할
먼 시간의 밖에서 머물고
나는 오늘 뜨겁게 몸살 앓는다.

이젠 누군가를 사랑하고 싶다

누가 내 마음을 알기나 할까요.
아직은 때가 이른 사랑의 아픔이라고
하지만
나 홀로 지탱하기에는
너무 어둡고 적막한 밤입니다.

때론 만남에서 동반까지
가는 길이 다들 쉬운 것이라지만
나 홀로 사랑을 깨닫기에는
아직 부족한 나입니다.

그렇지만 이젠 누군가를
미치도록 사랑하고 싶습니다.
비록 사랑이 내게
아픔만을 던져 줄지라도
가시밭길처럼 피나게
상처만 안겨 줄지라도.

때로는 안개 낀 공원 의자에 앉아

그 누군가를 기다리듯
나의 사랑을 확인하고 싶습니다.

가을 벤치에서

져야할 것은
모두 가을 낙엽으로 진다.

나는 그 벤치 아래
슬픈 시를 읽는다.

그래 가을만이 슬픈가
이 깊은 가을 날
기막힌 한 줄의 시를 읽는
동안
어느새 내 무릎에는
자멸한 목숨의 잎들이 뒹군다.

나는 때때로 슬픔에 빠진다

비개인 오후.
강의를 빼먹고
친구와 술을 마셨다.

가수 누구누구처럼
예쁜 눈을 가진 여자와
사랑에 빠졌다는 그는
오늘 문득 나를 찾아와
슬픈 목소리로 헤어졌다고 했다.

만날 때마다
입에 침이 마르도록
그녀를 자랑하던 그가
오늘은 인생의 가장 슬픈 날이라며
나의 소매를 강제로 끌고
막걸리 집으로 끌고 갔다.

"이젠 모든 것이 끝났어"로
시작되는 친구의 말은

그녀를 사랑했다고 했다.

그런데 나는 자꾸만
알송달송하다.
불독같은 얼굴을 가진 친구가
술먹을 때면 늘 횡설수설하던 그 친구가
언제 여자를 만나
그토록 아픈 사랑을 했는지
나는 참으로 알송달송하다.

그 예쁜 여가수의 얼굴을 닮았다는
그 친구의 여자 친구를
한번도 보지 못한 나는
때때로 이런 것이 사랑인가
알고부터 슬픔에 빠진다.

'씨발' 나도 그 예쁜 여가수의 얼굴을
닮은 그 여자를 만나 사랑하고 싶다.

너가 나로 하여금 화나게 하는 것은

너를 만나러 가는 길은
최루탄 냄새로 가득했다.

오랜만에 때빼고 광내고
우리의 물주인 아버지에게
온갖 감언이설로
거금 이만원을 울궈내고
오늘은 멋지게 네게 한 잔
사리라고
총알같이 너를 만나러 갔었다.

너는 우리가 만나기로 한
조용한 카페에서
요조숙녀처럼 앉아
슬픈 로라의 이야기를 하고
아아 나는 나긋한 너의 목소리를 들으며
의미 심장하게
시와 음악을 건네주리라 마음 먹었었다.
그런데 신촌의 거리는

쫓고 쫓기는 공방전,
나는 이유도 없이 시위대로 몰려
그날 경찰서에서 치도곤 맞고
그래도 너를 만난다는 절박한 기쁨으로
카페의 문을 열었다.

무슨 영문인지 모르는 너는
내게 '약속시간도 못 지키는 사람'
'대머리 같은 인간'
'칠칠치 못한 녀석'
하며 문을 박차고 나갔다.

그날 저녁 종로에서 뺨맞고
한강에서 눈흘긴 나는
빌어먹을 세상일이 다 그렇고
그런 것이라는 것을 오늘에야 알았다.

막차를 놓친 밤은 아름답다

막차를 놓친 것처럼
더는 기다림이 필요없을 때
나의 마음은
더할 수 없이 쓸쓸하다

이미 밤 늦은 플랫폼은
적막과 어둠에 뒤엉켜
그대의 떠나는 뒷모습을 감출 뿐
막차를 놓친 밤은 너무 아름답다

때론 사랑한다는 것이
이별을 생각하게 하는 것처럼
그렇게 한밤에 놓친 막차,
우수수 낙엽이 지고
스산한 겨울이 오고
사랑하는 사람들은 모두
막차를 타고 떠났을까.

그와 나

그와 내가 중앙동 네거리에서
만난 것은 순전히 우연이었다.
고3때 그는 내 옆자리에 앉은 학우였다.
이미 낡을대로 낡은 교복에 그것도
도수 높은 안경을 낀 채로
그는 늘 시를 썼고 나는 대학을 가기 위해
늘 해가 짧다고 했고 그는
시가 너무 어려워 쓰기가 힘들다고 했다.
그의 시는 슬픔에 대해 강했다.
모든 말들이 그의 손을 거치면
주옥같이 빛나곤 했다.
그리고 나는 서울의 삼류대학에 진학했고
그는 가난한 가장으로 자리잡았던 것으로 기억된다.
이미 철저한 자기만의 세계를.
조금도 학우들에게 문을 열어 주지 않았던 그는
돌연히 학교를 그만 두었다.
학교 교문을 나서는 날,
그는 신문배달로 번 돈으로 고등학생답지 않게

술집으로 끌고 가 술을 샀다.
자신에 대해 왜 자신이 두 달을 앞두고 졸업을 하지 않고 그
만둔 것에 대해
아무런 변명을 하지 않았다.
이미 나는 그가 이 시대의 시인이 되어 있을 것임으로 해서
나는 그의 도중하차를 별로 아쉬워 하지 않았다.
그는 늘 나에게 프로스트의 시를 이야기했고
가지 않는 길에선 자신을 이야기했다.
자신이 서 있는 길이 바로 두 갈래의 길이었으므로 해서
그는 눈물을 흘렸다.
자신이 고아였음을, 그때 알았다.
나는 그와의 만남을 기쁘게 생각했다
너무 오랫동안 그를 그리워했음으로 해서.
그러나 그는 시인이 되어 있지 않았다.
내가 원했던 그의 길이, 그의 世界가 끝나 있음을 알았다.

빈터에서

나홀로 저문 가을 길을 가네
말없이 쌓여 앉은 낙엽 한장에
낙과처럼 내 가슴이 붉어지네
이미 먼지가 된 약속과
희미한 등불에 빛나는 사랑
가을의 뒤안길을 걷고 있네

가끔씩 가을바람 옷깃을 스치면
그대는 알고 있었을까
벌초해 두지 못한 그리움이
저녁산을 온통 흔들어 놓는다는 것을

작은 풀벌레 울음소리 하나
감추지 못하는 그대가 가을이라면
나는 한송이 들꽃이네

문득 안개가 되어
떠나가는 그대 그림자
산이 되지 못한 그리움으로 올라가

산봉우리에 불타는 그대 가을은
더이상 깊어질 수가 없네

이승도 저승도 아닌
스물의 빈터에서
들꽃 하나로 남은 나는.

미련한 곰

강의 시간 중
내내 코만 골았다.

강의 도중
내곁을 지나가던
별명이 매부리코인
사학과 교수는
미련한 곰새끼
아직도 꿈속에서 헤매나.

귓밥을 비틀린 나는
꿈속에서 벌떡 깨어나
「교수님은 잠도 안 자나요」
한바탕 강의실은 폭소였다.

그래 나는 미련한 곰새끼인가
아님, 사람 새끼인가.

사랑은 늪이 아닙니다

모든 것은 늪인가요
한번 빠지면
끝내 헤어나지 못하는
사랑의 늪인가요.

눈을 감고 꿈꾸어도
혹은 잠결에서 깨어나도
그대가 내게 던져준
사랑은
천리 깊은 물속인가요.

아닙니다
결코 아닙니다.

어느날 문득
새처럼 내게서 날아가

돌아오지 않는
사랑은 늪이 아닙니다.

겨울 대교 1

긴 외투를 껴입고
한번쯤, 바다가 보이는
겨울 대교에 서고 싶다.

돌이켜 보면
지난날이 너무도 쓸쓸하고
절망적이다.

언제 우리가
이처럼 겨울 바람으로 만나
마주 서서 있을까.

하얀 물결
아득한 수평선 절망적인 바다에
솟구치는
오, 그리움의 물보라.

겨울 대교 2

빈 마음 빈 몸으로
겨울 대교에 선다
눈은 내려 어깨에 쌓이고
아직 돌아서지 않은
바람이 분다

바람이 분다
돌아가야겠다
이미 모든 사람이 저물어 가는
겨울저녁의 대교는 쓸쓸하다

쓸쓸하다
모두들 돌아가고
낭패한 사랑만 남아
떠도는 바닷가
누가 아직 남아 서성이는가

서성이는가
참담한 마음만 서서

휘청이는 겨울 대교에는
할 일 없이 눈이
펑펑 내린다.

그러나 아직은

밤새 그대를 그리워했다.
창문 밖 아련한 별빛 추스리며
한잔 커피를 마시며
그대를 생각했다.

또 어쩌랴 파도로 밀려드는
사랑의 아픔과
그 슬픔의 어디쯤
혹은 가을잎 지는 시간의 그늘

나는 좀더 외로워해야 한다.

그러나 아직은
그대 가까이 가기에는
너무 먼 길이다

지난 추억들을 지워버리기에는
아직은 때 이른 시간들
가슴 속 깊이 해야 할 말들이

가을 낙엽처럼 쌓이는 밤,

그리움은 잊지고 난 뒤
쓸쓸함처럼 쌓이고
또 쌓여
앙상한 내 슬픔을 모두 덮는다.

멀어지는 배

안개 자욱한
겨울 부두에 선다
바람끝 소매에 되감기듯
쓸쓸한 마음으로 휘감기는
안개 안개.
안개.

이젠 떠날 곳도 없는
내 외로움의 그 어디쯤
끝내는 사랑만으로도
다 풀지 못할 의문의 그대를
물음표로 띄운다

이별인가 싶다
추억인가 싶다

그러나 가슴 아파하기에는
너무나 큰 상처였다.

4부 다시 처음으로

모든 길들은 다시 왔던 길을 되돌아 간다. 슬픔, 그
리움, 사랑 그리고 처음이었던 모든 길. 길속에 숨은
또다른 길이 있음을 내 어찌 몰랐던가. 어디선가 산사
의 바람이 내 어깨를 가볍게 친다. 아, 살아있음의 깨
우침과 느낌. 무한중량의 삶.

신촌에 가면

신촌에 가면
그대의 매끈한 종아리를
볼 수 있을까.

최루탄이 난무하는 거리
술과 해학이 있는 자리

그대가 있을지도 모르는
신촌의 거리에 가면
그대의 흔적을
만날 수 있을까.

아니다 아니다.
어지러운 시국의 지금
그대가 남기고 간
흔적과 사랑.

거리의 가로수는 멍청히 섰고
바람에 날려
잎사귀가 쌓이는 가을,

신촌은 언제나
거기 그 자리에
돌멩이만 무성하게 쌓여 있었다.

장마

마음에 비가 내리는 날은
어디론가 떠나고 싶다.
떠난다는 것은 늘 마음 안에 갇히는 것
정작, 머물러야 할 사람들.
떠나야 할 사람들 안에
안개는 부실부실 내린다.
내리다가 내리다가 지쳐 흐느낀다.
흐느껴서 모든 것이 강물로 돌아누울 때
그대의 얼굴은 강폭에 놓인다.
젖은 者여, 젖어 내내 사는 者여
이별의 커피 안에 잠기는 그대의
쓸쓸한 의미는 무엇인가.
죽어서 차라리 아름다운 作別이야말로
홀로 남는 것. 이 흰 여백에
앙금처럼 착잡하게 가라앉는 그대 눈썹
눈물이란 한 편의 시 같아라.
마음에 비가 내리고
내 마음의 화선지가 젖는
내 사랑은.

그림자

가로등 아래
한참 동안 서 있었네.
추억이라 하기에는
너무 아픈 날들이
나의 옷자락을 잡았네.

사랑이란
꼭 이런 것만이 아니라고
굳게 맹세했지만
그의 그림자는
끝끝내 지워지지 않았네.

너에게로 가는 길

어깨춤을 추며
너에게로 간다

아니 출 수 없는
기쁨으로 간다.

가다가다 지치면
구름하나 데불고 놀고
도라지꽃 핀 길 사이로
춤추며 너에게로 간다.

바람의 뼈

먼데서 바람이 분다.
모두가 떠나고 남은 자리
앙상한 나무만이 흔들린다.

흔들리는 것은
풀잎만이 아니다
갈대만이 아니다

허공속에 떠다니는
내 마음도 흔들린다.
흔들어서 흔들리지 않는
흔들어서 소리나지 않는

바람은 남김없이
사물을 흔들며
소리없이 지나간다.

안개

도시쪽으로 떠밀리는 안개를 나는 싫어한다.
한치 앞을 가리며 내 의식마저 다 깔아뭉갠 안개.
내가 사는 중앙동엔 철없이 자주 안개가 몰려와
빌딩 위의 집을 짓고 사는 단아한 비둘기집의 흔적도 지우고
온갖 모함한, 음흉한 사랑도 덮고
끝내는 칙칙한 어둠만 풀어 놓는다.

안개가 자주 끼고 비오는 날은
안개와 어울려 모든 사랑도 도망간다.
안개는 그들과 어울려 공범자가 된다.
스텐드 바의 불빛도 감추고
쪽바리 끼고 가는 조선가시네의
무우같은 다리통도 감추어 주는 안개.

안개가 자주 끼는 날은
할 일 없이 나는 음흉해진다.

겨울비 속의 사랑

때론 사랑이란 겨울비같이
차갑고 아픈 것이었다.

길을 가다 돌아서면
무수하게 상처 받았던
지난날의 여리고 아픈 기억들이
겨울비에 추적거리는 동안

원래 내게 있어서의 사랑은
돌이킬 수 없는 비련이었다.

누가 그랬던가
그 무엇도 확신할 수 없었던
그대의 사랑을
가슴으로 끝내 확인할 수 없었던
슬픔.
이젠 돌아서서 가야 한다.

그대와 나

나와 너의 사랑
어쩔 수 없던 비련의 몸짓으로
겨울 빛속의 차가움을 느끼는 지금

떠나는 것에 대한 미련
사랑한다는 것에 대한 아픔
끝내는 너와 나
돌이킬 수 없는 이별의 그늘 아래
병든 채로 몸져 누워야 합니까.

가버린 그대

이별이고 싶었네
음악과 사랑
그리고 외로움
이런 말들이 생각나는
저녁이었네

별들은 밤새 풀잎에 내린 이슬처럼
속삭이며 빛나고
사랑은 그럴 수 없이
아파 울었네

이젠 끝내 돌이킬 수 없었네
그랬네 내 가슴은
은구슬 구르듯
슬픔으로 가득했네

이미 내곁에 없는 사람
그림자조차 보이지 않는 사람.

가버린 그대가 남겨 놓은 자리
잎새 가득 바람만 불고 있었네.

카페에서

비오는날 문득
카페에서
한잔의 커피를 마셨습니다.

잔속에 가라앉는
이별의 아픔을
눈물겹게 생각합니다.

흘러가는 것이
꼭 세월만은 아닌 것을
흰 여백에 마음을 다 적시지 못하는
오늘 같은 날

그냥 그렇게
훌쩍 커피를 마십니다.

사랑도 이 한잔 커피처럼
그렇게 쓰디 쓴 것일까요

마음졸여 애태워 보아도
떠오르지 않는 그대 얼굴이
잔속에 가라앉습니다.

아름다운 고독

고독의 수갑
아픔의 수갑
그리움의 수갑
죽음의 수갑
삶의 수갑
외로움의 수갑
여자의 수갑
남자의 수갑
…………
…………

아름다운 구속은 늘 빛나는 것
지금 그대의 팔목에 채워진
수갑은?

비가 오면 그대에게
전화를 걸고 싶다 1

모처럼 비가 오면
문득 그대에게
한통의 전화를 걸고 싶습니다.

아무런 뜻도 없이
그저 그렇게
그대의 목소리를 듣는 동안
마음은 조용하게 파문이 입니다.

그대여
이것이 사랑입니까
가슴저리며 눈물나는
애절한 그리움입니까

비가 오면 그저 그렇게
생각나는 그대의 마음은
전류처럼 쉽게 와 닿습니다.

비가 오면 그대에게
전화를 걸고 싶다 2

비가 오면
그대에게 전화를 걸고 싶다
해풍 짙은 그대 머리맡에
전율하는 내 목소리,
그대를
감전시키고 싶다
이윽고 파도를 닮은 그대 청아한
목소리로 하여
이토록 질긴 사랑과 함께
모질게 감전당하고 싶다.
한줌 재로 쓰러져
저 쏟아지는 가파른 도시의 급류를 타고
그대 귓가에 윙윙거리며
머물고 싶었다
수화기를 들고 수신인 없는
이쪽과 저쪽의 거리를 가늠하면

내 떨리는 손 끝에 저리는
혼란의 시간

비가 오면
젖을대로 젖어
그대에게 전화를 걸고 싶다.

그리고 나는

거리에서 나는 너를 보았다
짧은 미니스커트와
상큼한 단발머리의 너를.

스물두살의 물오른
그대의 가슴이 출렁거렸고
자동차 악세레이터 소리에도
아랑곳없이 너는
횡단보도를 건너갔다.

그리고 나는 그 자리에
멍하니 서서 있었다.

방

방으로 돌아와 누웠다
세상의 잡다한 것과
세상의 꿈과
나는 나를 죽였다
하루의 때묻은 일상과
하루의 기막힌 일몰을
나의 아름다운 거짓을.

새벽편지

너 곁을 떠나는 일이 꼭 죽음 같구나
너 곁을 떠나는 일이 꼭 강물 같구나
그리하여 강물이 흐르듯 세월이 가고
죽어서 아름다운 그대 머릿결 곁에
늘 붙어 산다면 나는 먼지가 되어도 좋다
사랑의 새벽창가에 비가 내린다.
두 평의 방안에 그대가 남긴 꽃
그리움의 향기는 다시 고쳐잡는 화장
눈물 흘려 얼룩진 그대 얼굴이다.
진실로 사랑하는 사람아
참으로 내가 너 곁을 떠나는 일이
이토록 가슴아픈 것은 무슨 연유일까
어떤 연유일까. 강물이 되는 그리움
비가 내리는 새벽에 이토록 맑은 정신으로
나는 너에게 한장 유서가 된다.
뜨거워 다 쓸 수 없는 글들 하여
완전한 사랑이 된다면 나는 너로 인하여
다시 햇살을 볼 수 있으리

울지마라, 슬픔이란 비가 내리듯
새벽편지는 고요한 내 눈물이다.

이 눈부신 봄날

이 봄날에 꽃가루가 날리듯
여자들은 모두 사랑을 앓는다.
사랑을 앓다
상사병에 걸린다.
꽃가루 같은 봄비
그 깊은 뿌리를 뒤흔들고 일어서는
그 봄빛의 무한정한
그리움이여 사랑이여
바람이 부는 쪽으로
풀잎이 눕는다
여자가 눕는다.
밤의 커튼이 내리고 나서
나도 그대에게의 기쁨으로 달려간다.

눈

그대 눈을 바라보면
눈은 깊고 어둡다

어둠 속에 감춰진
그대의 눈빛을 다 읽을 수가 없다.
눈과 눈의
싸늘함과 따뜻함도
다만
그대의 눈과 내 눈이
맞부딪칠 때만이

천둥 번개치는
우리의 사랑
확실한 사랑이다.

시인

시인의 눈은
아름답다

시인의 눈은
칼처럼 예리하다

시인의 눈은
진한 커피 냄새로
젖어 있다.

나는 오늘 초라한
그대를 만났다

산다는 것이 어둠이어도

비록 산다는 것이 어둠이어도
나는 절망하지 않았다.

하루에 꼭 한번씩은
진실하게 살리라 기도하지만
아무것도 추스릴 수 없는 나의 삶
그러나 나는 외로워하지 않는다.

끝내 순간으로 바스라지는 슬픔
그 끝없는 허무의 길로 가는 지금
나는 그 누구도 용서할 수 없는
분노로 살아 왔었다.
난간에 기대어도 나의
생은 휘청거리기만 한다

소유하고 싶은 것은 다 소유하고 싶다

소유하고 싶은 것은
모두 소유하고 싶습니다.
소유하지 못할 것도
모두 소유하고 싶습니다.

길을 가다 나뒹구는
쓸모없는 돌도 소유하고 싶고
눈부신 저 하늘도 소유하고 싶습니다.

언제부턴가
내 마음속에는
무엇인가 소유하고 싶은 욕망으로
가득 차 있었습니다.

때론 거리의 찌그러진 고물 자동차나
그대가 던진 손수건 한장까지도
다 소유하고 싶습니다.

나는 무엇인가 소유하지 못해
매일매일 가슴을 앓습니다.

그대가 나의 그사람인가

초판인쇄 · 1997년 10월 31일
초판발행 · 1997년 11월 5일

지은이 · 정민기
펴낸이 · 최정헌
펴낸곳 · 좋은날
주소 · 서울시 서대문구 충정로 3가 8-5호 동아 아트 1층
전화번호 · 392-2588~9
팩시밀리 · 313-0104

등록일자 · 1995년 12월 9일
등록번호 · 제 13-444호

값은 표지 뒷면에 있습니다.
ISBN 89-86894-12-2   03810
*잘못된 책은 바꿔 드립니다.
저자와의 협의에 의해 인지를 생략합니다.